文·圖　吉竹伸介

譯　張桂娥

我現在非常生氣！

為什麼呢？
因為我覺得大人好奸詐喔！

我要去抗議，
請他們不要這麼奸詐。

什麼？什麼？
怎麼啦？

我覺得
大人很奸詐耶！

是喔，
比如妳說？

有很多
很多呀！

像是……

為什麼大人可以
很晚都還不睡覺，
小孩就要七早八早被趕上床？

人家根本就不睏嘛！

啊⋯⋯

那個啊⋯⋯

現在⋯⋯
沒辦法大聲
跟你說哩⋯⋯

其實呢，為了迎接下一次的聖誕節，
聖誕老公公拜託調查員偷偷來家裡問：
「這家小朋友是不是早早上床的乖寶寶？」
而且還不只問一次，要連續來好多次呢！

妹妹
早就睡著囉！

……

……真ㄓㄣ的ㄉㄜ嗎ㄇㄚ？

嗯ㄣ。

這ㄓㄜ是ㄕ祕ㄇㄧ密ㄇㄧ喔ㄛ！

真ㄓㄣ的ㄉㄜ是ㄕ
這ㄓㄜ樣ㄤ嗎ㄇㄚ……

哎ㄞ呀ㄚ，

爸ㄅㄚ爸ㄅㄚ
上ㄕㄤ一ㄧ下ㄒㄧㄚ
廁ㄘㄜ所ㄙㄨㄛ。

為什麼大人不問我們，
就決定洗澡的時間？

快·去·洗·澡！

啊……
那是
因為……

不趕快洗的話，
那一群壞傢伙，
就會闖進來哩。

 要是ㄧㄠˋ比ㄅㄧˇ那ㄋㄚˋ群ㄑㄩㄣˊ神ㄕㄣˊ祕ㄇㄧˋ生ㄕㄥ物ㄨˋ
「頑ㄨㄢˊ皮ㄆㄧˊ泡ㄆㄠˋ澡ㄗㄠˇ怪ㄍㄨㄞˋ」，
晚ㄨㄢˇ一ㄧˋ步ㄅㄨˋ進ㄐㄧㄣˋ浴ㄩˋ室ㄕˋ
泡ㄆㄠˋ澡ㄗㄠˇ的ㄉㄜ話ㄏㄨㄚˋ啊ㄚ，

熱ㄖㄜˋ水ㄕㄨㄟˇ
就ㄐㄧㄡˋ會ㄏㄨㄟˋ統ㄊㄨㄥˇ統ㄊㄨㄥˇ不ㄅㄨˋ見ㄐㄧㄢˋ，
沒ㄇㄟˊ辦ㄅㄢˋ法ㄈㄚˇ泡ㄆㄠˋ澡ㄗㄠˇ喔ㄛ！

 那？，為什麼爸爸每次生氣都會馬上說：
「隨你啦！你愛怎樣就怎樣！」

那ㄋㄚˋ是ㄕˋ因ㄧㄣ為ㄨㄟˋ──
爸ㄅㄚˋ爸ㄅㄚˋ有ㄧㄡˇ點ㄉㄧㄢˇ想ㄒㄧㄤˇ看ㄎㄢˋ你ㄋㄧˇ會ㄏㄨㄟˋ隨ㄙㄨㄟˊ意ㄧˋ做ㄗㄨㄛˋ什ㄕㄣˊ麼ㄇㄜ啊ㄚ！

隨ㄙㄨㄟˊ意ㄧˋ坐ㄗㄨㄛˋ在ㄗㄞˋ
大ㄉㄚˋ象ㄒㄧㄤˋ上ㄕㄤˋ面ㄇㄧㄢˋ。

隨ㄙㄨㄟˊ意ㄧˋ在ㄗㄞˋ
空ㄎㄨㄥ中ㄓㄨㄥ飛ㄈㄟ翔ㄒㄧㄤˊ。

隨ㄙㄨㄟˊ意ㄧˋ的ㄉㄜ
蓋ㄍㄞˋ一ㄧˊ座ㄗㄨㄛˋ城ㄔㄥˊ堡ㄅㄠˇ。

那……
為什麼明明是
弟弟不乖，
挨罵的
卻都是我呢？

 那是因為——
「心甘情願
代替弟弟挨罵的
善良小姊姊」
很受王子們的
歡迎喔！

那位小女孩
太棒了！

下一次邀請她
到我們的
城堡玩！

那ㄋㄚ˙……
為ㄨㄟˋ什ㄕㄣˊ麼ㄇㄛ˙我ㄨㄛˇ一ㄧˊ定ㄉㄧㄥˋ要ㄧㄠˋ吃ㄔ豌ㄨㄢ豆ㄉㄡˋ仁ㄖㄣˊ呢ㄋㄜ˙？
爸ㄅㄚˋ爸ㄅㄚˋ自ㄗˋ己ㄐㄧˇ還ㄏㄞˊ不ㄅㄨˊ是ㄕˋ不ㄅㄨˋ敢ㄍㄢˇ吃ㄔ酸ㄙㄨㄢ梅ㄇㄟˊ乾ㄍㄢ。

 那ㄋㄚˋ是ㄕˋ因ㄧㄣ為ㄨㄟˋ木ㄇㄨˋ星ㄒㄧㄥ的ㄉㄜ˙食ㄕˊ物ㄨˋ，
好ㄏㄠˇ像ㄒㄧㄤˋ幾ㄐㄧ乎ㄏㄨ都ㄉㄡ是ㄕˋ豌ㄨㄢ豆ㄉㄡˋ仁ㄖㄣˊ之ㄓ類ㄌㄟˋ的ㄉㄜ˙，
爸ㄅㄚˋ爸ㄅㄚˋ覺ㄐㄩㄝˊ得ㄉㄜ˙提ㄊㄧˊ早ㄗㄠˇ練ㄌㄧㄢˋ習ㄒㄧˊ一ㄧˊ下ㄒㄧㄚˋ比ㄅㄧˇ較ㄐㄧㄠˋ好ㄏㄠˇ！

你ㄋㄧˇ不ㄅㄨˊ是ㄕˋ想ㄒㄧㄤˇ要ㄧㄠˋ去ㄑㄩˋ
太ㄊㄞˋ空ㄎㄨㄥ旅ㄌㄩˇ行ㄒㄧㄥˊ嗎ㄇㄚ˙？

為什麼小孩子睡覺前
不可以吃餅乾零食呢？

那是因為睡著之後，夢裡出現的
餅乾零食，好像會變得更大喔！

為什麼每次爸爸心情煩躁的時候，總是無緣無故的對我發脾氣呢？

那都是因為「煩躁蟲」在作怪啦！

煩躁蟲　體長 2mm

煩躁翅

煩躁腳　　　煩躁液

為了趕走那些傢伙，只能亂發脾氣，
看到誰就罵誰。不管對大人或小孩
都是一場災難啊……

因為只要不小心
被「煩躁蟲」刺到，
馬上就會變成
這個樣子喔！

天啊！！

噗
一
呼

為什麼爸爸自己想要的東西，就馬上買下來，人家想要的東西，都不買給人家呢？

如果爸爸把玩具熊抱去櫃檯結帳的話，

砰

那個壞心眼的老闆就會露出真面目！

爸爸被抓到之後，

就會被他改造成
玩具大人偶呢！

爸爸！

為ㄨㄟˊ什ㄕㄣˊ麼ㄇㄜ˙冬ㄉㄨㄥ天ㄊㄧㄢ時ㄕˊ你ㄋㄧˇ說ㄕㄨㄛ「好ㄏㄠˇ冷ㄌㄥˇ」，
夏ㄒㄧㄚˋ天ㄊㄧㄢ時ㄕˊ你ㄋㄧˇ又ㄧㄡˋ說ㄕㄨㄛ「好ㄏㄠˇ熱ㄖㄜˋ」，
就ㄐㄧㄡˋ是ㄕˋ不ㄅㄨˋ肯ㄎㄣˇ陪ㄆㄟˊ人ㄖㄣˊ家ㄐㄧㄚ到ㄉㄠˋ外ㄨㄞˋ面ㄇㄧㄢˋ玩ㄨㄢˊ呢ㄋㄜ˙？

那ㄋㄚˋ是ㄕˋ因ㄧㄣ為ㄨㄟˋ，如ㄖㄨˊ果ㄍㄨㄛˇ爸ㄅㄚˋ爸ㄅㄚ˙冬ㄉㄨㄥ天ㄊㄧㄢ跑ㄆㄠˇ出ㄔㄨ去ㄑㄩˋ的ㄉㄜ˙話ㄏㄨㄚˋ，

北極熊會以為爸爸是自己的同伴，
連拖帶拉的把爸爸帶回北極啊！

如果爸爸夏天跑出去的話， 換成
猩猩會把爸爸當成自己的同伴，
一直想把爸爸帶回酷熱的叢林呢！

為什麼一定要看新聞呢？
人家明明就比較想看卡通啊！

那是因為，昨天在車站前面
有電視台在拍外景，

爸爸想看一下
是不是有上鏡頭！

為什麼你每一次都說「我正在忙」、
「等一下」之類的話呢？

 其實，那種時候
通常都是爸爸很想放屁，
卻忍著不敢放
的時候啦！

要是亂動的話……

就會造成無法收拾的悲劇啊！

那ㄋㄚˋ，為ㄨㄟˋ什ㄕㄣˊ麼ㄇㄜ˙說ㄕㄨㄛ「因ㄧㄣ為ㄨㄟˋ我ㄨㄛˇ是ㄕˋ大ㄉㄚˋ人ㄖㄣˊ」，
就ㄐㄧㄡˋ可ㄎㄜˇ以ㄧˇ吃ㄔ兩ㄌㄧㄤˇ根ㄍㄣ香ㄒㄧㄤ腸ㄔㄤˊ呢ㄋㄜ˙？

好ㄏㄠˇ奸ㄐㄧㄢ詐ㄓㄚˋ喔ㄛ！

因ㄧㄣ為ㄨㄟˋ大ㄉㄚˋ人ㄖㄣˊ的ㄉㄜ˙肚ㄉㄨˋ子ㄗˇ裡ㄌㄧˇ，
藏ㄘㄤˊ著ㄓㄜ˙一ㄧ個ㄍㄜˋ小ㄒㄧㄠˇ朋ㄆㄥˊ友ㄧㄡˇ喔ㄛ！

大ㄉㄚˋ爸ㄅㄚˋ爸ㄅㄚ˙和ㄏㄢˋ
小ㄒㄧㄠˇ爸ㄅㄚˋ爸ㄅㄚ˙
兩ㄌㄧㄤˇ個ㄍㄜˋ人ㄖㄣˊ，
一ㄧˋ人ㄖㄣˊ吃ㄔ一ㄧˋ根ㄍㄣ
香ㄒㄧㄤ腸ㄔㄤˊ喔ㄛ！

為ㄨㄟˋ什ㄕㄣˊ麼ㄇㄜ˙每ㄇㄟˇ一ㄧ次ㄘˋ玩ㄨㄢˊ手ㄕㄡˇ指ㄓˇ比ㄅㄧˇ力ㄌㄧˋ氣ㄑㄧˋ
都ㄉㄡ是ㄕˋ爸ㄅㄚˋ爸ㄅㄚˋ贏ㄧㄥˊ呢ㄋㄜ˙？

好奸詐喔！

那ㄋㄚˋ是ㄕˋ因ㄧㄣ為ㄨㄟˋ有ㄧㄡˇ一ㄧ條ㄊㄧㄠˊ祕ㄇㄧˋ密ㄇㄧˋ遊ㄧㄡˊ戲ㄒㄧˋ規ㄍㄨㄟ則ㄗㄜˊ──
 規ㄍㄨㄟ定ㄉㄧㄥˋ「大ㄉㄚˋ人ㄖㄣˊ萬ㄨㄢˋ一ㄧ輸ㄕㄨ給ㄍㄟˇ了ㄌㄜ˙小ㄒㄧㄠˇ朋ㄆㄥˊ友ㄧㄡˇ，
就ㄐㄧㄡˋ要ㄧㄠˋ回ㄏㄨㄟˊ到ㄉㄠˋ小ㄒㄧㄠˇ時ㄕˊ候ㄏㄡˋ，再ㄗㄞˋ當ㄉㄤ一ㄧ次ㄘˋ小ㄒㄧㄠˇ朋ㄆㄥˊ友ㄧㄡˇ」！
所ㄙㄨㄛˇ以ㄧˇ爸ㄅㄚˋ爸ㄅㄚˋ也ㄧㄝˇ很ㄏㄣˇ拼ㄆㄧㄣ耶ㄧㄝ˙！

爸爸會努力，
試著盡量不要
變得那麼奸詐！

嗯！

只不過，

小朋友呢，
有時候
也很奸詐呢！

咦？

放假的時候，一大早就起床，
又吵又鬧，就是要把爸爸吵醒。

為什麼一到要上學的日子，
叫了好幾次，都還是不起床呢？

快一起一床一！

那……

那是因為……

只要是要上學的那天早上，
我的夢裡， 就會出現
一位老神仙。

我每一次都會拜託老神仙，
請求祂幫我實現同一個願望，
所以才會起不來啦！

說到那個願望呢……

就是──

「希望我最愛的爸爸，
永遠健康，常保青春，
頭髮多多！」

作者介紹

吉竹伸介（ヨシタケシンスケ）

1973 年出生於神奈川縣。筑波大學大學院藝術研究科總合造型學科畢業。常以不經意的日常小事片段為題，用獨特角度切入，作品涵蓋素描集、童書插畫、裝幀畫、插圖散文等各種領域。曾以《我有理由》（親子天下）獲得第 8 屆 MOE 繪本屋大獎第一名，《這是蘋果嗎？也許是喔》（三采）獲得第 6 屆 MOE 繪本屋大獎第一名、第 61 屆產經兒童出版文化獎美術獎等獎項。出版的書籍有《爺爺的天堂筆記本》、《做一個機器人，假裝是我》（三采）、《而且沒有蓋子》（PARCO 出版）、《沒有結局的終曲》、《好窄喔 撲通撲通》（講談社）、《即席計畫》（U-Time 出版社）。育有二子。

繪本 0191

我有意見

作・繪者｜吉竹伸介（ヨシタケシンスケ）
譯者｜張桂娥
責任編輯｜余佩雯　美術設計｜蕭雅慧　行銷企劃｜王予農、林思妤

天下雜誌群創辦人｜殷允芃
董事長兼執行長｜何琦瑜
兒童產品事業群
副總經理｜林彥傑
總編輯｜林欣靜
主編｜陳毓書
版權主任｜何晨瑋、黃微真

出版者｜親子天下股份有限公司
地址｜台北市 104 建國北路一段 96 號 4 樓
電話｜（02）2509-2800　傳真｜（02）2509-2462　網址｜www.parenting.com.tw
讀者服務專線｜（02）2662-0332　週一～週五：09:00~17:30
讀者服務傳真｜（02）2662-6048
客服信箱｜parenting@cw.com.tw
法律顧問｜台英國際商務法律事務所・羅明通律師
製版印刷｜中原造像股份有限公司
總經銷｜大和圖書有限公司　電話｜（02）8990-2588
出版日期｜2016 年 12 月第一版第一次印行
2022 年 11 月第一版第十九次印行
定價｜300 元　書號｜BKKP0191P
ISBN｜978-986-93918-0-1（精裝）

訂購服務
親子天下 Shopping｜shopping.parenting.com.tw
海外・大量訂購｜parenting@cw.com.tw
書香花園｜台北市建國北路二段 6 巷 11 號　電話（02）2506-1635
劃撥帳號｜50331356 親子天下股份有限公司

立即購買 >